Para: ....

....

De: ....

....

Dirección de arte: Trini Vergara
Diseño: María Natalia Martínez
Ilustraciones: Virginia Nowell
Edición: Lidia María Riba
Traducción: Nora Escoms
Colaboración editorial: María Nazareth Ferreira Alves

Agradecemos la autorización concedida por todos los autores, editores y representantes para reimprimir los poemas o fragmentos de sus publicaciones en el presente volumen.

www.libroregalo.com

ARGENTINA: Demaría 4412 (C1425AEB) Buenos Aires
Tel./Fax: (54-11) 4778-9444 y rotativas
e-mail: editoras@libroregalo.com

México: Av. Tamaulipas 145 - Colonia Hipódromo Condesa, CP 06170,
Delegación Cuauhtémoc - México D. F.
Tel./Fax: (5255) 5220-6620/6621 • 01800-543-4995
e-mail: editoras@vergarariba.com.mx

ISBN: 978-987-9201-67-1

Impreso en Argentina por Mundial S.A.
Printed in Argentina

Mastromarino, Diane
El mundo en tus manos - 1a ed. 1a. reimp.
Ciudad Autónoma de Buenos Aires: V&R, 2006.
64 p.; 21x15 cm.

ISBN: 978-987-9201-67-1

1. Narrativa Inglesa. I. Título
CDD 823

El mundo en tus manos

Para una chica súper especial (de alguien que te quiere)

Editado por Diane Mastromarino

Introducción:

Eres una adolescente, tu vida no es nada fácil, lo sé.
Tus días están llenos de incertidumbre, estrés, rebeldía y, a veces, un poco de locura. Por eso, todas las chicas que atraviesan esta etapa necesitan aliento, sabiduría, apoyo, consejos e, incluso, una palmadita en la espalda para hacerles saber que van por buen camino y que todo va a salir muy bien (porque así será).

Aunque los años de la adolescencia no sean exactamente perfectos, este mundo enorme está lleno de grandeza, oportunidades, posibilidades, y millones de otras cosas fantásticas que hacen que una adolescente sea una de las personas más afortunadas del universo (¡eso sí es tener suerte!).

Pero, con todo lo que sucede en tu vida atareada, es muy fácil olvidarlo, ¿no es así? Aquí es donde entran en acción mi cariño, mi admiración por ti y estas palabras de inspiración. Te ayudarán a recordar que la adolescencia puede ser una etapa maravillosa de tu vida.

Porque ahora, como nunca, tienes el mundo en tus manos.

Este mundo es tuyo

A medida que vas recorriendo este mundo,
mira con esperanza el futuro
y todo lo que puedes alcanzar en él.
No dejes que los errores
o los contratiempos te desanimen:
aprende de ellos, perdónate,
perdona también a los demás, y sigue adelante.
No permitas que la adversidad te desaliente,
enfréntala como un desafío.
Siente cómo el coraje que necesitas
para superar los obstáculos te fortalece.
Aprende así algo nuevo cada día.

Interésate por los demás
y lo que pueden enseñarte,
pero no te busques en el rostro de los otros,
ni trates de descubrir quién eres
a través de la aprobación de los demás.
Si quieres saber quién eres y en quién te convertirás,
la respuesta siempre estará dentro de ti.
Cree en ti misma.
Sigue a tu corazón y a tus sueños.
Como todo el mundo,
cometerás errores,
pero mientras seas fiel a la fuerza de tu corazón,
siempre conseguirás todo lo que te propongas.

Ashley Rice

Recuerda...

Crecer a veces
no es fácil.
El mundo
no siempre será
justo contigo.
En los momentos difíciles de la vida...
cuando las cosas no resulten
como tú quisieras...
recuerda
que siempre podrás contar conmigo.

Recuérdame...

Quiero ser el lugar
al que vayas
para encontrar refugio,
cariño incondicional
y todo el apoyo
que alguien pueda darte.
Quiero ser la persona
a la que recurras
buscando respuestas y comprensión,
o cuando sólo necesites
que alguien te recuerde
lo increíblemente especial
que eres.

Douglas Pagels

Hoy

Ya no puedo mecerte en mis brazos,
leerte cuentos,
ni arroparte en tu cama,
como cuando eras pequeña.

Pero sigues siendo para mí

lo más importante del mundo.

Y ansío encontrar la forma
de que sepas
que siempre te querré.

Paula Holmes-Eber

A veces te miro
y todavía veo
a la niña que fuiste una vez...
la **sonrisa** rodeada
de helado de chocolate,
las rodillas cubiertas
de raspones y magulladuras,
unos pies que **nunca** dejaban de moverse,
siempre llevándote
de una **aventura** a otra.
Es asombroso darme cuenta
de cuánto has crecido...
mi niña, que ha dejado de ser una niña,
ansiosa por enfrentar al **mundo.**

Carol Thomas

Mis deseos para ti...

Deseo que seas inteligente y cuidadosa.

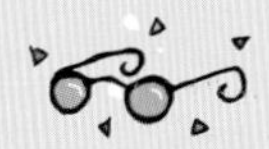

Deseo que seas sabia, más allá de tus años.

Deseo que no crezcas demasiado rápido.

Deseo que compartas conmigo tus miedos.

Deseo que quienes formen parte de tu vida
comprendan que eres alguien muy especial.

Deseo que sepas que tendrás
grandes oportunidades
y muchas metas para alcanzar.

Mis esperanzas para ti...

Espero que empapes tus pies buscando
nuevas experiencias, pero ten cuidado:
no sumerjas también tu cabeza.

Espero que te des cuenta de lo valiosa
que eres y de que tus posibilidades
son ilimitadas.

Espero que nunca pierdas tu capacidad
de asombro infantil, y que siempre disfrutes
las cosas bellas de la vida.

Espero que no te apresures por alcanzar
el futuro y que lo construyas, poco a poco,
sobre los cimientos del pasado.

Tu familia, tus amigos y tu alegría
forman la base sólida que te sostendrá
y te acompañará siempre, dondequiera
que vayas en este mundo.

Douglas Pagels

Entre una niña y una mujer...

Justo entre la alegría de ser una niña
querida y protegida,
y la satisfacción de ser una adulta
libre e independiente están...

la diversión
la frustración
la confusión
el aburrimiento
el entusiasmo
el desaliento
y la euforia

de ser adolescente.

La libertad que llega con la adultez
también trae mucha más responsabilidad.
Las personas hoy te tratan,
a veces, como si todavía fueras una niña,
pero otras veces, esperan que actúes
como una adulta.
Lo único que puedes hacer
es ser lo mejor de ti misma.
Sigue a tu corazón.
Usa tu sentido común.
Sobre todo, cree en ti misma y en tus sueños.
Es probable que debas hacer
algunos sacrificios,
pero los sueños valen el esfuerzo.
Tómate tiempo para divertirte,
pero también trabaja con entusiasmo,
verás que el presente
y el futuro serán todo lo que deseas.

Barbara Cage

Sé fiel...

Durante toda tu vida
recorrerás muchos caminos,
conocerás a muchas personas
y vivirás increíbles experiencias.
No dejes de ser quien eres
para adaptarte a las necesidades
de otros.
Sé tú misma...
Ten en cuenta, sobre todo,
las cosas que valoras en tu vida
y no permitas que te hagan olvidarlas.

Deana Marino

A ti

Eres una persona **extraordinaria**
y espero que nada cambie jamás
tu **belleza interior.**

A medida que vayas creciendo
siempre recuerda mirar el mundo
como lo haces ahora:
con **sensibilidad,**
honestidad,
compasión
y un toque de **inocencia.**
Recuerda que las personas y las situaciones
no siempre son como parecen,
pero si te mantienes fiel a ti misma
todo saldrá bien.

Susan Polis Schutz

Nunca temas ser lo mejor de ti

Canta una canción a las estrellas;
cuéntales tus secretos.

Sueña grandes sueños

y no temas
ir trás ellos...

Vive con audacia.
Ama con pasión.
Elévate y hazle cosquillas al cielo.
Lánzate de cabeza al mundo.
Sé valiente.
No esperes de los demás
más de lo que tú estás dispuesta a dar.
Sé generosa con tus talentos,
tu tiempo y tu corazón.

Nunca temas ser lo mejor de ti;
recuerda que, para mí, ya lo eres.
Y más allá de todo, no olvides esto:
si alguna vez caes,
mi amor te sostendrá
y te traerá a salvo a casa.

Kathy Larson

Recuerda, lo más importante...

No es que todo te salga bien,
sino ser capaz de enfrentar
lo que salga mal.
No es no tener miedo,
sino tener la determinación
de continuar a pesar del miedo.
No es dónde te encuentras,
sino hacia dónde te diriges.
No es poder librar al mundo
de todas sus injusticias,
sino aprender a superarlas.
Es creer que ya te ha sido dado
todo lo que necesitas
para desenvolverte en la vida.

Es creer con todo tu corazón
que siempre existirán
más cosas buenas que malas en el mundo.
Recuerda vivir sólo el día de hoy,
no añadas los problemas de mañana
al presente.
Recuerda que cada día que termina,
trae un nuevo mañana
lleno de experiencias.
Ama lo que haces,
haz lo mejor que puedas,
y siempre recuerda cuánto te queremos.

Vickie M. Worsham

Cada día...

es una nueva oportunidad de triunfar.

Cada día...

es una bendición que debemos apreciar.

Cada día...

trae la valentía y el desafío
de recordar que todos esos horizontes
que a veces parecen tan distantes,
en realidad, no están tan lejos.

Collin McCarty

Errores

Los errores son peldaños
que te ayudan a construir tu futuro.
Con cada uno
ganas discernimiento y coraje,
aprendes algo nuevo
y te acercas
un poco más al sol.
Luego, vuelves a empezar.

Elle Mastro

Vive aprendiendo

Aprender no es sólo
tener maestros,
libros de texto y exámenes.
No es sólo ir a clase,
memorizar datos
y levantar la mano
siempre que puedas.
Aprender tiene que ver
con la alegría de descubrir
y el poder de enfrentar
los desafíos.
Es el don de la autodeterminación:
un regalo para tu mente,
para tu cuerpo
y para tu espíritu...
el don que necesitas
para hacer tus sueños realidad.

Jacqueline Schiff

Nuevas experiencias

Experimenta algo nuevo **cada día.**

Aprende del mundo a tu alrededor...
desde las palabras que lees,
los sonidos que oyes,
las caricias que sientes
y las caras que ves.

En el transcurso de tus tareas diarias,
descubre nuevas perspectivas,
intenta siempre comprender
y convierte lo que te rodea
cotidianamente
en un lugar maravilloso.

Construye tu felicidad...
una **felicidad**
duradera.

Collin McCarty

No trates de impresionar a los demás;
lucha por asombrarte a ti misma.
Sé la persona que naciste para ser.

y lograrás todo lo que te propongas.

Karen Poynter Taylor

Tú misma

Te conoces
a ti misma
mejor que nadie;
por eso ponte
tus propios
límites.
Piensa
tus propias ideas.
Sueña
tus propios sueños.
Haz
tus propios planes.
Haz
lo tuyo.
Sé lo mejor
que puedas ser
y acepta que eso
es suficiente.

Donna Fargo

Nunca dejes de creer en ti

Nunca pienses que te falta algo.
Nunca dudes de tu capacidad.
Nunca cuestiones tu parecer.
Nunca dejes que nada ni nadie
te haga sentir menos de lo que eres,
porque eres una persona especial.

Nunca sientas que el próximo paso
te lleva demasiado lejos.
Si tropiezas al caminar,
mantén la frente alta
y recuerda que ni las palabras
ni los actos ajenos pueden herirte,
porque eres una persona especial.

Nunca pierdas la fe en ti.
Mira a tu alrededor,
a los amigos que están cerca de ti
porque te quieren y porque les importas.
Ellos te apoyan y creen en ti...
porque eres alguien especial.

Ashley Bell

Sé fiel siempre

Sé fiel... a tus sueños, y mantenlos vivos.
No dejes que nadie te haga cambiar de opinión acerca
de lo que crees que puedes lograr. Cree siempre en ti.

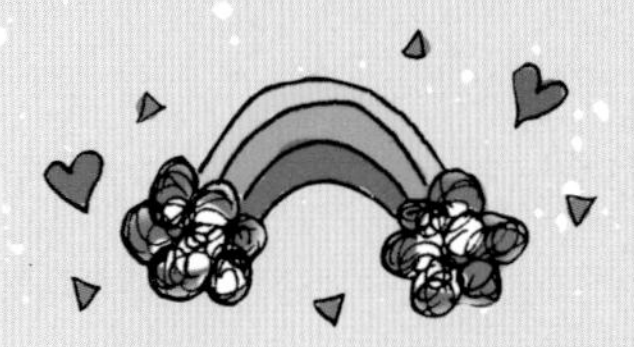

Sé fiel... a la luz que brilla en tu interior. Aférrate
a tu fe, a tus esperanzas y a tu alegría de vivir.
Llena tu mente siempre de pensamientos positivos
y tu corazón, de buenos sentimientos. Sé generosa,
amable y aprende a perdonar. Sé tu mejor amiga,
y escucha la voz que te lleva a ser lo mejor de ti.

Sé fiel... a ti misma en los caminos que elijas.
Sigue tus talentos y tu pasión, y jamás olvides
que la luz más brillante se encuentra dentro de ti.

Jacqueline Schiff

Tú puedes hacer...

Si alguien intenta decirte
que no puedes esforzarte lo suficiente
para hacer frente a la tarea
que tienes por delante...
demuéstrale que sí eres capaz.

Si alguien intenta decirte
que no eres poderosa,
no lo escuches,
ni escuches a quien te desalienta...
recuerda que éste es tu lugar.

...¡Cualquier cosa!

Si alguien intenta decirte
que no puedes cantar tu propia canción
o abrirte camino en el mundo...

demuéstrale que está equivocado.

Ashley Rice

comprende qué es el éxito...

Éxito es la satisfacción de saber que hice lo mejor, que lo di todo, y luego dejar el resultado en manos del universo. Éxito es confiar en que será lo que deba ser y que, si hay algo que yo pueda hacer al respecto, se me hará saber.

Éxito es no darme por vencida, a pesar de haber fracasado mil veces. Es buscar otro ángulo o un nuevo enfoque que me permita volver a intentarlo con la esperanza de que esta vez alcanzaré mi objetivo, porque también es saber que, si no vuelvo a intentarlo, puedo perder mi oportunidad.

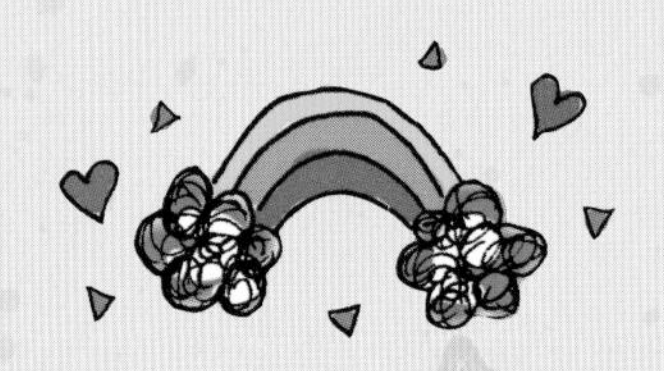

...¡y conquístalo!

Éxito es que alguien me dé las gracias por algo que hice y sentir que así me comunica su aprecio. Es tener a quien amar y quien me ame. Éxito es tener un techo sobre mi cabeza, comida para alimentarme y la posibilidad de aprender.

Éxito es tener esperanza y transmitirla a otro ser humano para ayudarlo a superar algún obstáculo de su vida. Es ese empujoncito en el momento indicado, ese consejo o esas palabras de aliento que se susurran al oído para ayudar a alguien a que siga adelante y no se dé por vencido.

Éxito es saber que el éxito no lo es todo.

Donna Fargo

Recuerda

Cuando lleguen días
llenos de frustraciones
y responsabilidades inesperadas,

recuerda esto...

Cree en ti
y en lo que quieres hacer de tu vida,
porque los desafíos
y los cambios
serán los que te ayudarán
a darte cuenta
de que tus más locos sueños
están destinados a hacerse realidad.

Deanna Beisser

Cuando

Cuando tengas un día gris
te daré un pincel amarillo.

Cuando sientas el corazón roto
siempre tendré vendas.

Cuando necesites callar
me sentaré contigo en silencio.

Cuando tu cielo se nuble
lo rociaré con rayos de sol.

Cuando la montaña te parezca muy empinada
te empujaré hacia arriba.

Cuando no puedas dejar de llorar
te llevaré pañuelos extra.

Cuando me necesites...
siempre estaré allí.

Elle Mastro

Sube muy alto

No
dejes
que la vida
pase de largo;
la única manera
de salir adelante
es mantener la frente alta.
No dejes que el desaliento
te gane cuando las cosas van mal;
sólo escala cada montaña, centímetro
a centímetro, y vive un día tras otro.
Finalmente, encontrarás la fuerza que tenías
que buscar, no sólo para escalar esa montaña
sino para alcanzar la cima más elevada de todas.

Intenta una vez y otra... y otra más

Si alguna vez piensas en rendirte...
NO LO HAGAS.
Si piensas que no puedes hacer algo...
INTÉNTALO.
Si lo intentas y fracasas...
VUELVE A INTENTARLO.

Si no lo haces, quizá siempre te preguntes por qué te rendiste tan fácilmente. Cree en lo que te parezca que vale la pena creer, y nunca te detengas hasta que sientas que lo has dado todo para cumplir tus sueños. Tengo mucha fe en ti y sé que eres capaz de lograr cualquier cosa que desees.

RECUÉRDALO SIEMPRE.

Tracy Nash

La gloria
no consiste
en no caer nunca...

...sino en levantarte
cada vez
que caigas.

Si retrocedes
ante los obstáculos
que se te presentan
porque te parecen demasiado difíciles,
no eres sincera contigo misma.

No temas correr riesgos,
incluso, fracasar.
No se trata de ganar o perder.
Lo que importa,
al final, es que te ames lo suficiente
para creer en ti.

Tracy Nash

Tienes lo necesario...

Los **ganadores** se arriesgan.
Como todo el mundo, tienen miedo de fracasar,
pero se **niegan** a dejar que el miedo los domine.
No se dan por vencidos.
Cuando la vida se pone difícil, **resisten**
hasta que las cosas mejoren.
Son flexibles.
Comprenden que existe más de una manera
y están dispuestos a probar alternativas.
Los ganadores saben que no son **perfectos.**
Respetan sus debilidades
y aprovechan al máximo sus **fortalezas.**
Caen, pero no se quedan abajo.
Obstinados, no dejan que una caída
les impida seguir **escalando.**

...para ser una ganadora

Los ganadores piensan en **positivo**
y ven lo **bueno** en todas las cosas.
A partir de lo común,
construyen lo **extraordinario.**
Los ganadores creen en el sendero
que han elegido, aunque sea difícil,
aunque los demás no puedan ver adónde van.
Los ganadores tienen **paciencia.**

Saben que un objetivo vale el esfuerzo
necesario para **lograrlo.**

Los ganadores son personas como tú.
Hacen de este mundo un lugar mejor.

Nancye Sims

Esta vida es tuya.
Asume el poder
de hacer lo que desees
y hazlo bien.

Asume el poder de amar
lo que quieres en la vida
y ámalo con sinceridad.

Asume el poder
de caminar por el bosque
y ser parte de la naturaleza.

Asume el poder de controlar
tu propia vida. Nadie más puede hacerlo
por ti. Nada es demasiado bueno para ti.
Mereces lo mejor.

Asume el poder
de hacer tu vida
sana, excitante y valiosa.

El momento es ahora.
Asume el poder
de crear una vida exitosa
y feliz.

Susan Polis Schutz

cómo ser...

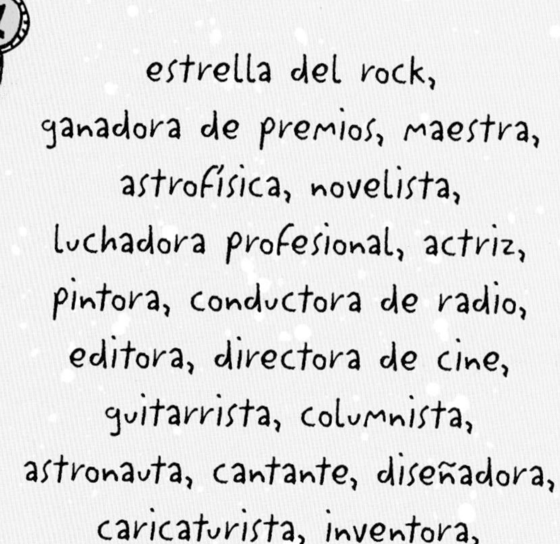

estrella del rock,
ganadora de premios, maestra,
astrofísica, novelista,
luchadora profesional, actriz,
pintora, conductora de radio,
editora, directora de cine,
guitarrista, columnista,
astronauta, cantante, diseñadora,
caricaturista, inventora,
arquitecta, constructora,
productora, escritora, atleta,
artista, programadora,
bailarina o técnica
en un solo paso o menos...

Ve tras ello.

Ashley Rice

Dentro de ti tienes todo el potencial
para ser cualquier cosa que desees.

Imagínate
como quisieras ser,
haciendo lo que quieres hacer,
y cada día,
da un paso
hacia tu sueño.

Dentro de ti tienes toda la energía
para hacer cualquier cosa que desees.

Donna Levine Small

Quiero compartir
estos pensamientos
contigo...

(aunque espero que ya los conozcas)

Tu sentido del humor
me encanta.

Tu risa
es uno de mis sonidos favoritos.

Tu sonrisa
ilumina mi corazón.

Todos sabemos
que podemos contar contigo.

Te das a los demás,
y, al mismo tiempo, eres independiente.

Vivir a tu lado
ha sido una de mis mayores alegrías.

Barbara Cage

Una lista de deseos muy especial...

Quisiera poder decirte que las personas
no lastimarán tus sentimientos...

Pero lo harán.

Quisiera que me escucharas
cuando te digo algo pensando
en tu bienestar y en tu seguridad...

Ojalá lo hagas.

Quisiera que comprendieras
que todos los chicos de tu edad
se sienten tan nerviosos y preocupados como tú...

Te lo juro.

Quisiera poder envolverte en alas de ángel
y guardar tu corazón en mi bolsillo
para que nadie lo rompiera...

Pero no puedo.

...para una chica súper especial

Quisiera llorar tus lágrimas,
y caminar delante de ti,
y curar tus heridas...

Pero debes hacerlo tú.

Quisiera aliviar tu corazón de la carga
y la presión que sufre la gente de tu edad...

Lo intentaré.

Quisiera que sepas que te amo,
y siento orgullo de la persona
que quieres llegar a ser...

Créeme.

Cynthia Dite Sirni

Mis sueños
para tu vida
pueden no ser siempre
parecidos
a los que tú buscas.

PERO ESTO PERMANECERÁ IGUAL:

Tu felicidad
siempre será
mi mayor tesoro
en este mundo.

Nancy Gilliam

Hay una línea muy fina
entre decirte demasiado
o muy poco...

...Espero haber logrado
el **equilibrio** apropiado.

Susan Polis Schutz

Palabras de sabiduría...

Prefiere siempre...

Las grandes sonrisas. Las mañanas de domingo. El cálido agradecimiento. Los recuerdos preciados. Las cosas que llevan alegría a tu corazón. Mantenerte en contacto... con las personas que siempre significarán mucho para ti.

Busca la manera de...

Ser buena contigo misma. (Realmente buena.) Construir los puentes que te llevarán a todos los lugares donde alguna vez hayas querido llegar. Escribir tu propia definición del éxito, y luego hacer lo mejor posible para que esa historia se haga realidad. Acercarte más y más a la cima de cada montaña que hayas querido escalar. Aprovechar al máximo... tu momento... este momento en el tiempo.

...para un mundo de felicidad

Haz planes para...

Hacer los días más lentos. Encontrar tu ritmo perfecto. Ser suficientemente fuerte. Ser suficientemente suave. Cosechar las dulces recompensas que vendrán de todo lo bueno que haces y todas las grandes cosas que das. Mantener la perspectiva.

Recuerda...

Invertir sabiamente en las mejores riquezas. Compartir palabras valiosas en lugares tranquilos, con una taza caliente de por medio. Atesorar el tiempo que pasas conversando de corazón a corazón. Reír mucho. Adelantarte a todas las preocupaciones. Superar todos los pesares. Acumular una fortuna de bellos mañanas.

Douglas Pagels

Muchos días pasan
y me encuentro diciéndote
las mismas cosas:

Ordena tu dormitorio.
¿Ya has ordenado tu dormitorio?
Haz tus tareas.
¿Ya has terminado tus tareas?
Saca la basura, por favor.
No vuelvas tarde.

Muchas noches,
cuando estás dormida,
me pregunto:

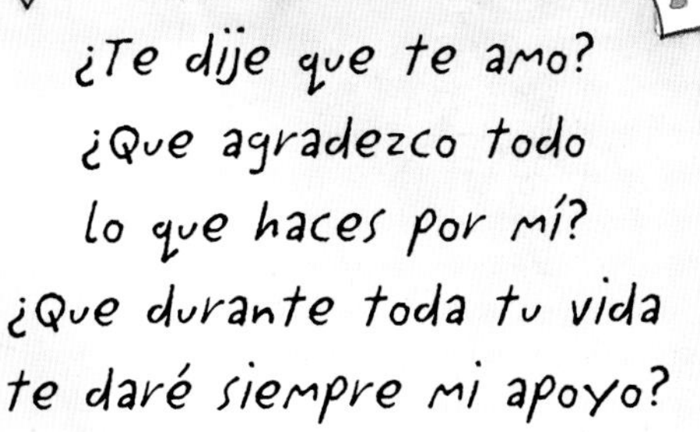

NO OLVIDES NUNCA CUÁNTO TE QUIERO.

Toni Crossgrove Shippen

En tus momentos más felices
y más excitantes...
mi corazón celebrará y sonreirá
a tu lado.

En tus instantes más tristes,
mi amor estará allí para darte calor,
para darte fuerza...
y para recordarte
que tu sol volverá a brillar.

En tus momentos de triunfo,
será tanto mi orgullo...
que quizá me cueste mantenerlo
dentro de mí.

En tus momentos de desilusión,
podrás llorar sobre mi hombro,
mi mano tomará la tuya,
y mi amor...
te envolverá suavemente
hasta que todo esté bien.

En tus días grises,
te ayudaré a buscar,
uno por uno...
los colores del arcoíris.

En tus horas brillantes y soleadas,
estaré sonriendo,
junto a ti.

Laurel Atherton

Ha sido una maravillosa aventura
observar cómo has llegado
a ser esta bella persona de hoy...
y ser testigo de la transformación
de una oruga en una deslumbrante mariposa.

Pero, para decir la verdad, ansío ver
la persona en quien continuarás convirtiéndote,
pues presiento que, contigo,
lo mejor aún está por venir.

Donna Gephart

Te veo
como todo lo que fuiste,
como todo lo que eres
y como todo lo que algún día
llegarás a ser:
un hermoso regalo,
un corazón amoroso
y una bendición
en la vida
de todos los que lleguen
a conocerte.

Deana Marino

Elige con sabiduría...

Espero que elijas la felicidad
siempre que sea posible.
Espero que guardes los buenos recuerdos
y descartes el dolor y los fracasos.
Espero que te permitas cometer errores
y comprendas que así aprendemos
nuestras mejores lecciones.
Eres un ser precioso
que merece lo mejor de la vida.
Acéptalo, y compártelo con los demás.

Barbara Cage

y verás cómo tu vida levanta vuelo

Tienes lo necesario
para marcar una diferencia
en este mundo.
Busca la bondad,
y cree de corazón
que lo único que necesitas
es lo que eres.
Trabaja, juega, sueña,
y mantén la perspectiva
pase lo que pase.
Recompénsate a menudo;
pinta tus propios arcoíris.
Sé tu propia heroína,
sé tu propia guía.
Deja volar tu imaginación
y verás cómo tu vida levanta vuelo.

Linda E. Knight

Este mundo es tuyo

En este mundo,
no hay otra persona como tú.

Tienes tu propia manera
de hacer las cosas.

Tienes tus propios zapatos
para caminar
por donde quieras.

Eres la única que sonríe
y ríe exactamente como tú.

Eres la única que vive y piensa
exactamente como tú.

No hay nadie como tú.

Tienes tus propios sueños
y también tus ideas...

Puedes hacerlos realidad...
porque este mundo es tuyo.

Ashley Rice

¡Tu opinión es importante!

Escríbenos un e-mail a **miopinion@libroregalo.com**
con el título de este libro en el "Asunto".